Guía de supervivencia de Amelia frente a matones

de Marissa Moss
(¡con la comandante Amelia al mando!)

EDAF

www.edaf.net

Libros para jóvenes lectores

Madrid – México – Buenos Aires – San Juan – Santiago – Miami

2010

EDAF

LIBROS PARA JÓVENES LECTORES

Impreso en China

Departamento de publicaciones
para niños
EDAF, S. L.
Jorge Juan, 68. 28009 Madrid
http://www.edaf.net
edaf@edaf.net

Un libro de Amelia™
Amelia™ y el diseño del diario en blanco y negro
son marcas registradas de Marissa Moss.
Diseño del libro: Amelia
(con la ayuda de Lucy Ruth Cummins)
Elaborado en China.

ISBN: 978-84-414-2540-8

¡Me encanta recibir el material escolar!

Lápices nuevos: con mucha mucha punta: con el olor que hacen los lápices nuevos.

Borras rosas nuevos y limpios (me encantaría que siempre fueran así, pero sé que se ensuciarán rápido.)

Ropa nueva para el colegio

Mañana es mi primer día de 5.º de primaria. (Me encanta esa frase: ¡Estoy en 5.º!)

Leah ya ha planeado lo que va a llevar y lo que va a comer. Yo simplemente me concentro en estar emocionada: y un poco nerviosa. Me pregunto quién será mi nuevo tutor. ¿Les caeré bien a los demás niños? ¿Me caerán bien a mí? Leah no va a estar en mi clase, pero la veré a la hora de comer y en el patio.

Zapatos nuevos con suelas y cordones blancos y limpios

Gran carpeta nueva con miles de bolsillos y separadores, porque ahora estoy en 6.º y necesito estas cosas

Leah es tan organizada que hasta sabe qué horquillas se va a poner (hasta dobla su ropa interior antes de guardarla)

Un cajón de mi tocador

Un cajón del tocador de Leah

Bueno, ahora sé cómo es mi tutora, aunque me gustaría no saberlo. Leah tiene el mejor tutor de 5.º, el señor Reyes. El primer día ha traído galletas para toda la clase. Yo tengo a la bruja, la señora Busby. Lo primero que ha hecho ha sido leernos todas estas reglas.

La señora Busby

Las cejas indican mucho trabajo

Boca muy apretada y estirada

Laaaaaarga lista de reglas

Tejanos nuevos que necesito lavar un trillón de veces para que parezcan viejos y cómodos

U
Si
Orde
Desp
De qu
Somos
Significa
Con los
No proba
No llamar
No mostr
Todos
de

Mayonesa encima de todo

¡Maliiiissssssima!

Ni siquiera he tenido una comida decente el primer día: mamá le ha puesto mayonesa a mi sándwich de mortadela por error, ¡y yo odio la mayonesa! (¡Hasta odio pronunciar su nombre!)

Rana

Raoul trajo su rana el primer día.

No es, para nada, como mi antigua profesora. ¡Un año entero con ella! ¡Mi 5.º está arruinado!

Tiras de cartulina — Chinchetas — Rollos de papel de plata — Trastos? — Clavos

Hilary parece simpática, me gusta su sonrisa.

La voz de Maya es tan suave que apenas puedes oírla.

Ni siquiera me gusta mi clase. Hay cajas llenas de trastos por las estanterías, pedazos de madera, alambres, clavos: ¡parece la habitación de Cleo! (El desorden de Cleo está formado por latas, botellitas de esmalte de uñas vacías, migas de galletas saladas y patatas y calcetines sucios.) De todas formas, ¿para qué querrá todo esto la señora Busby? Yo creo que va a construir algún tipo de artefacto para torturarno. Ya es bastante tortura ir al colegio. ¡Nunca hacemos NADA divertido! Y encima también es horrible no tener a Leah en la clase. Ninguno de "mis compis" es simpático conmigo. Bueno, Jacqueline es un poco agradable, pero sé que le gusta estar con Susie, así que conmigo solo es educada. ¡Este año es el peo

Luis viene al colegio en monopatín ¡qué suerte!

Jacqueline se acaba de mudar de Arkansas, ¡me encanta su acento!

Franny (¿o es Amy? No consigo diferenciar a estos gemelos)

De todos los niños de la clase, solo conozco a Franny y Max.

Max.

¡Susie ya levanta la mano todo el rato!

Jon todavía no ha dicho ni una palabra, excepto "Presente"

La señora Busby dice que siente bloquear la estantería, pero es porque está recogiendo cosas para nuestro primer proyecto de ciencias. Finalmente, llego a quinto y es como si hubiera vuelto a la guardería, clavando clavos en la madera, a esto le llamaremos escultura.

Charlie se durmió mientras leíamos las normas.

Gabe siempre tiene la nariz metida en un libro.

Carly parece la más tímida.

Lucy y Matilda deben ser buenas amigas: ¡están susurrando CONSTANTEMENTE!

Seth sigue picando todo el día: huele a palomitas.

¡OooooH! ¡Qué arte más bonito!

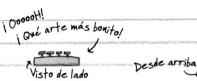

Visto de lado

Desde arriba

Una cara sonriente: ¡Qué creativo!

Todos estos trastos dejaron de serlo. Los juntamos e hicimos un telégrafo. ¡Fue tan divertido! Escribí a Nadia y le hice un dibujo para que haga uno. Ojalá nos pudiéramos enviar mensajes, pero no tengo suficiente alambre.

Brandon no para de mover los pies ¡me vuelve loca!

ME ENCANTA hacer inventos.

Aprieta aquí hacia abajo y el clavito golpea suavemente el clavo, haciendo "click".

Cartulinas sujetas con cinta

Cables

Cartulina forzada

Clavito

Madera

Papel de aluminio

Madera   Papel de aluminio   Batería   Clavo rodeado de cable

Esto se convierte en un electro magneto, ¡wau!

Habría sido un día perfecto, pero en el patio Leah no jugó conmigo. Estaba demasiado ocupada saltando a la comba con Gwen, una niña de su clase. Busqué a alguien con quien saltar a la comba, pero todo el mundo ya tiene un amigo (menos Hilary, que estaba colgándose de los barrotes y yo no quiero hacer eso).

Imagino que este diario es como tener un amigo: escucha lo que tengo que decir. Pero no me responde (así, por lo menos no nos podemos pelear).

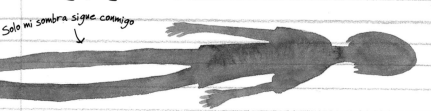

Cejas que están contentas →

← Cabeza llena de buenas ideas

Boca sonriente y amigable →

Por lo menos, ahora me gusta la señora Busby: sigue siendo estricta, pero tiene buenas ideas para hacer proyectos. ¡Dice que lo próximo es hacer cohetes! Y puede ser divertida: solo se pone seria cuando tiene que explicar. Está bien, ¡cuando sonríe es genial!

¡Leah ya no quiere ir más conmigo al colegio! Ahora va con Gwen. Justo cuando me empezaba a gustar el colegio, algo se ha torcido.

Solo mi sombra sigue conmigo ↓

¿Estaría mejor con el pelo así? ↓

¿O así? ↓

¿O así? ↓

¿Qué tal un peinado extravagante?

Realmente necesito un amigo, un amigo cercano, no un amigo lejano como Nadia. No puedo creer que llegara a pensar que Hilary podía ser maja: ¡es mala, mala, MALA! Dijo que parezco una estúpida porque no llevo calcetines altos y tengo un peinado estúpido. ¿Qué le pasa a mi pelo? ¿Y por qué importa el tipo de calcetines que llevo? Pero fue decirlo, y el resto de la clase se lo empezó a creer. Lucy y Matilda no jugaron conmigo a las esquinas y cuando me senté al lado de Susie para comer, se cambió de sitio. Me sentí fatal.

¡Estaba convencida de que este sería el peor año de mi vida!

El problema es que ninguna de estas se parece a mí.

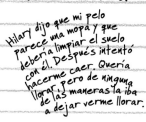

Hilary dijo que mi pelo parece una mopa y que debería limpiar el suelo con él. Después intentó hacerme caer. Quería llorar, pero de ninguna de las maneras la iba a dejar verme llorar.

Espejo del lavabo ↓

Lavabo →

Me miré en el espejo durante tanto tiempo que mi cara ya no parecía la mía.

Mi hermana, Cleo, propone pegar a Hilary, pero ella nunca tiene idea de nada

Cleo tiene una buena pegada →

Mamá dice que actúe como si no escuchara lo que dice Hilary: ¡pero escucho todo lo malo que me dice demasiado bien!

Todos dicen que debería ignorar las burlas y que así dejará de hacerlo, pero no paran. Intento parecer una roca cuando Hilary me habla, pero por dentro me siento cada vez más pequeña. ¿Por qué tampoco le gusto ya a Leah? ¿He cambiado en algo? ¿Huelo mal?

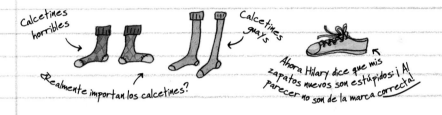

Calcetines horribles

Calcetines guays

←Realmente importan los calcetines?

Ahora Hilary dice que mis zapatos nuevos son estúpidos: ¡Al parecer no son de la marca correcta!

Llamé a Leah y le pregunté qué pasaba. Ella dijo que no pasaba nada. Que le caigo bien, pero que está muy ocupada con Gwen y que no tiene tiempo para 2 amigas. Está claro, elige a la persona que está en la misma clase que ella (además, ¡Gwen lleva calcetines altos!) Tal vez lo que necesito es un amuleto para la buena suerte.

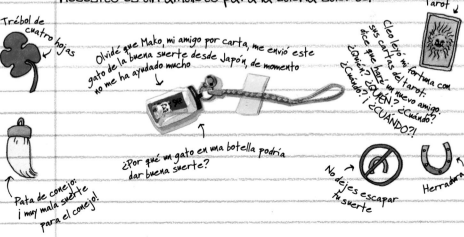

Trébol de cuatro hojas

Olvidé que Mako, mi amigo por carta, me envió este gato de la buena suerte desde Japón, de momento no me ha ayudado mucho

Carta de Tarot

Cleo leyó mi fortuna con sus cartas del tarot: dice que haré un nuevo amigo. ¿Quién? ¿QUIÉN? ¿Cuándo? ¡¿CUÁNDO?!

¿Por qué un gato en una botella podría dar buena suerte?

Pata de conejo: ¡muy mala suerte para el conejo!

No dejes escapar tu suerte

Herradura

Hoy empezamos el siguiente proyecto de ciencias:

¡COHETES!

Son <u>reales</u>, no solo modelos. Celebraremos el día del gran lanzamiento cuando los hayamos acabado y veremos cuál vuela mejor. Tenemos que trabajar en parejas y aguanto la respiración, deseando, deseando, <u>deseando</u> que Hilary NO sea mi pareja. ¡No lo es! Es la pareja de Seth: ¡qué alivio!

Mi pareja es Carly. Le gusta la ciencia tanto como a mí, y he visto que tiene un diario como el mío en su pupitre: ¡como el mío!

El diario de Carly

Pegatinas en la portada →

Las marcas son verdes en lugar de negras →

Carly

Hoy Hilary dijo que mi comida era asquerosa. Ahora insulta mi <u>comida</u>. Siempre busca algo malo que decir.

Manzana inocente: sin magulladuras ni gusanos

← Pan: sin moho ni mayonesa

¿Qué? ¿Quieres decir que tengo el <u>peor</u> tipo de patatas fritas?

Carly me dijo que no hiciera caso a Hilary: es así. Carly estaba en su clase el año pasado y Susie era la persona a la que molestaba entonces. Este año la afortunada soy yo.

Hilary tiene una nariz con unos agujeros <u>enormes</u>

"Perdona, ¿pero tienes alguna relación con los hipopótamos? Tu nariz tiene ciertas similitudes".
Siempre pienso cosas para contestarle demasiado tarde.

Cuando Hilary dio una patada al respaldo de mi silla, Carly me pasó una nota:

Solo haz como si Hilary fuera una cucaracha gigante. Así no te importará lo que diga o haga.

Es divertido imaginar a Hilary como una cucaracha, pero no creo que me facilite llevar mejor las burlas.

En el recreo, Carly y Maya me enseñaron a saltar a la comba con dos cuerdas. ¡Me encanta! Y es un juego en el que se necesitan <u>3</u> personas en lugar de 2.

El cochecito leré, me dijo anoche, leré, que si quería, leré, montar en coche, leré

Carly

Yo

Mi sombra ahora tiene compañía

Maya

Y yo le dije, leré, con gran salero leré no quiero coche, leré, que me mareo leré.

Así que no me molestó que Hilary dijera que salto como un elefante (bueno, no demasiado) ¡porque Carly me invitó a ir a su casa después del colegio! (Y no invitó a Hilary, ¡qué bien!)

Geoda
Cornalina
Aventurina verde
Ulexita
Pirita
Obsidiana

Carly tiene una colección de minerales chulísima

Me encantan los nombres de las rocas y minerales: como "Ulexita"

Carly tiene dos hermanos mayores y son muy simpáticos con ella. (¡Los cambiaría por Cleo, sin pensarlo!)

Nos trajeron un refresco y patatas fritas a la habitación. (Si yo invitara a Carly a casa, Cleo nos <u>robaría</u> las galletas, en lugar de <u>ofrecérnoslas</u>.)

Si acertara al tirar una patata en el bol, ¿Carly cambiaría un hermano por Cleo?

Me gusta mucho Carly, pero no quiero que me guste <u>demasiado</u>, porque ¿qué pasará si a ella le empieza a gustar otra persona, como pasó con Leah?

Carly me ha hecho una pulsera de amistad como esta. Le expliqué lo de Leah y dice que ella no es así.

↓

Pensé que lo peor ya había acabado con Hilary, pero no. Hoy me pasó una nota tan cruel que no quiero escribir lo que decía. ¿Por qué se esfuerza tanto en hacerme llorar? ¿Qué le he hecho?

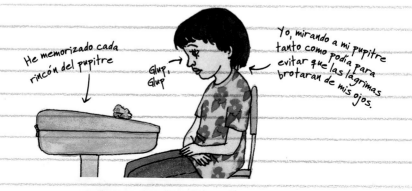

He memorizado cada rincón del pupitre

Glup, Glup

Yo, mirando a mi pupitre tanto como podía para evitar que las lágrimas brotaran de mis ojos.

Cuando algunas personas lloran, sus bocas parecen cintas de goma.

Las barbillas de algunas personas se arrugan.

¡Brrr!
Algunas personas hacen el sonido como si se estuvieran sonando la nariz.

Mamá me preguntó por qué siempre estoy enfadada últimamente, que qué pasa. Le hablé de la nota de Hilary (pero no le dije lo que ponía). Me abrazó y me sentó en sus rodillas, aunque ya soy mayor para hacer eso. Dice que los niños pueden ser crueles. Ya lo sabía. Entonces me explicó una historia sobre la abuela Sara que jamás había oído antes. La quiero escribir antes de que se me olvide.

La historia de la abuela

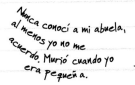
Nunca conocí a mi abuela, al menos yo no me acuerdo. Murió cuando yo era pequeña.

Pero he visto fotos suyas. tenía este aspecto.

Cuando la abuela era una niña, era la Depresión (un tiempo en que nadie tenía dinero porque todos los bancos estaban arruinados: no podían devolver a la gente su dinero. Esto ya no puede pasar, pero pasó y fue <u>terrible</u>.)

Era la mayor de 4 niñas y era realmente duro para ellos conseguir dinero para alimentar a la familia.

Su padre, mi bisabuelo, era un ingeniero: no de los de trenes, sino de los que construyen. Construía puentes antes de la Depresión, pero perdió el trabajo

La gente bajaba a la calle para vender lápices o manzanas o cualquier cosa que se les ocurriera.

(ya que nadie tenía dinero para pagar construcciones), y el único trabajo que consiguió fue ser conserje de un edificio de oficinas.

De aquí ↗   A aquí ↗

No le pagaban demasiado, pero por lo menos las cosas eran muy baratas.

Un día la abuela tuvo que ir a la tienda a comprar pan para hacer sopa de pan, que es lo único que se podían permitir cenar aquella noche. Su madre estaba enferma en la cama aquel día, así que tuvo que ir la abuela.

Ella sujetaba la moneda bien fuerte, pero de camino un chico malo la vio y supo qué llevaba en su mano.

Chico malo y fuerte

Puño fuerte para golpear, no para moldear.

La abuela Sara preocupada

Puño cerrado con moneda en el interior

Caminando rápido sin correr

La persiguió y la empezó a insultar, entonces le bloqueó el camino y no la dejó pasar.

La abuela estaba muerta de miedo y quería llorar. Quería darle el dinero al chico y echar a correr. Sin embargo, pensó en lo mal que se sentiría su madre y lo tristes que estarían sus hermanas sin cenar. Cuanto más lo pensaba, más se enfadaba, hasta que no pudo soportar a ese chico, ¿cómo se atrevía a hacer eso? Simplemente ¡ESTALLÓ!

"¿Quién te crees que
eres para hablarme así?"
Déjame pasar.

Gritó tanto que la gente de la
calle se giró para mirarla y aquel
chico tuvo tanto miedo, que fue
él quien escapó.

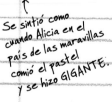

↑
Se sintió como
cuando Alicia en el
país de las maravillas
comió el pastel
y se hizo GIGANTE.

¡Mamá!

Ahora ya no se
siente tan grande
y duro. →

← Plato de sopa
(¡Pero cómo <u>es</u> la sopa de pan?
¿Pan empapado en caldo?)

Y la abuela dijo que fue la mejor cena que había comido
en mucho tiempo, aunque solo fuera sopa.

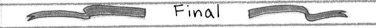

Final

Mamá me dijo que la abuela se parecía mucho a mí:
ella también tenía un diario. Le pregunté a mamá
si podía leerlo, pero no sabe dónde está. Está claro
que no está en nuestra casa, pero cree que el tío
Frank lo tiene. Le escribiré para preguntarle.
Es divertido pensar que la abuela escribió y dibujó
cosas como yo. Me pregunto si
también pegaba cosas en su diario
como hago yo. ¿Escribiría
historias también?

Vieja foto de la abuela
de cuando tenía 8 años →

Esta es mi historia, no la de la abuela

 La niña asquerosa
y su horroroso destino

Érase una vez esta niña cruel que no gustaba a
nadie. No tenía regalos en su cumpleaños porque hasta
sus padres la odiaban. (Y no tenía hermanos ni hermanas
porque era tan horrible que sus padres no querían
arriesgarse a tener otro hijo como ella.)

Un día recibió un paquete por correo. Estaba tan sorprendida, que lo abrió al instante. Era una caja de bombones, de los más buenos. Se llenó la boca con ellos. Desafortunadamente, para ella, eran

¡VENENO!

Pelo grasiento oloroso.

Ojos malvados

Migas que caen de su boca

Bombones engullidos

Lo último en moda embrujada

Cayó redonda y murió, y nadie se preocupó de ir a su funeral.

Ni siquiera la yerba puede soportar estar cerca de ella: se volvió marrón y murió.

Aquí yace la asquerosa

Las otras tumbas permanecieron lejos de ella.

Denifitivamente EL FIN

Las historias siempre me hacen sentir bien, a pesar de que no se vuelvan reales.

¡Buenas noticias! Hilary no ha venido hoy. (Espero que tenga gastroenteritis.) Después llegué a casa con noticias todavía mejores: ¡Una postal de Nadia!

Querida Amelia
¿Ya has convertido a Hilary en rana?, ¿o en cucaracha?
¿Sabes qué? Voy a ir al Space Camp en las vacaciones de invierno.
Pregúntale a tu madre si también puedes venir.
¡Será muy divertido!
A.P.S.
(Amigas para siempre)
Nadia

¡XIUUUUUUU!

AMELIA

PESTUS

DISGUSTUS

Foto de Hilary

564 North
Homerest,
Oopa
Oregon,
97881

¡Campamento espacial! Me **ENCANTARÍA** ir al Space Camp. ¿Cómo puedo conseguir que mamá diga que sí?

He interpretado mi papel de ángel todo el fin de semana. He sido SUPER simpática con ella. He puesto lavadoras, he lavado los platos, he limpiado el polvo. Cleo estaba alucinada, y también mamá.

Ángel de la limpieza de la casa

Platos limpios y relucientes

Suelo tan limpio que se puede comer en él

Ropa limpia y doblada:
¡hasta he doblado la ropa interior!
(¡Incluso la de Cleo!)

Cleo sospecha

¿Qué pasa? Seguro que maquinas algo.

Mamá tomando el té

Yo, llevándole galletas y el periódico

Después, cuando ya estaba relajada, tomándose el té que le preparé, le pregunté si podía ir al Space Camp.

¡Y NO DIJO QUE NO!

Dijo, "ya veremos", pero sonrió cuando lo dijo. Eso significa que **SÍ** en el lenguaje de mamá, por lo menos lo significa casi siempre.

Hoy ni siquiera me ha importado que Hilary me llamara cara de lagarto. Todo lo que tenía en mi mente era el Space Camp, especialmente cuando lancemos los cohetes. Ha sido muy guay: y en el Space Camp haces este tipo de cosas CADA día.

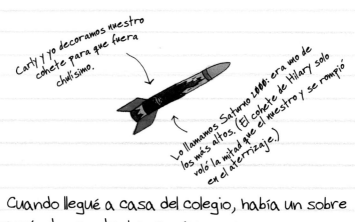

Carly y yo decoramos nuestro cohete para que fuera chulísimo.

Lo llamamos Saturno 2000: era uno de los más altos. (El cohete de Hilary solo voló la mitad que el nuestro y se rompió en el aterrizaje.)

Cuando llegué a casa del colegio, había un sobre esperándome y dentro ponía:

¡Viiiii VAAAAA!

Llamé a Nadia esa misma noche. ¡Está <u>tan</u> emocionada! ¡Yo también! ¡Podré estar con Nadia e <u>ir</u> al Space Camp!

¡Me muero de ganas!

¡Yo quiero ser la jefa de la Misión Control!

Carly dijo que felicidades. Le encantaría poder ir, pero su padre dijo que tal vez el año que viene.

Creí que Cleo se pondría celosa, pero dijo "¿Quién quería ir al estúpido Space Camp de todas formas?" Allí hay que trabajar duro. Solo quiere ir a un Campamneto de Playa o a un Campamento de Maquillaje. (Ha empezado a ponerse porquerías en los párpados y parece un alienígena, pero en su

Cleo sin maquillaje →

¡Ayuda! ¡Un monstruo!

De cualquier manera, el espejo se rompe.

← Cleo con maquillaje →

¡Ayuda! ¡Un alie...

caso, es una mejora.)

Tanque de combustible externo

Cohete acelerador

Cohete acelerador

Hice un calendario para contar los días que faltan para el Space Camp y me estoy leyendo un libro sobre astronautas y las lanzadoras espaciales. Espero llegar a ser la comandante de la lanzadera.

T+2 minutos 5 segundos: Los cohetes aceleradores se caen

T+8 minutos 50 segundos: el tanque del combustible se separa

T+39 minutos: cohete en órbita (¡es rápido!)

Orbitador (como se llama la lanzadera real)

T-0- ¡DESPEGAR!

¿Por qué se llama "T" y no "D" de despegar? Tal vez lo descubra en el Campamento.

T-6 segundos: motor principal se enciende

T-2 horas 30 minutos: la tripulación entra en Orbitador

T-43 horas: empieza la cuenta atrás

El calendario me ha recordado que he de comprar algo a Mako por Navidad. No le veo desde el verano pasado en el Gran Cañón, pero ya me ha escrito 6 cartas (y me ha enviado el amuleto de la buena suerte). Antes de conocer a Carly, él y Nadia eran mis dos únicos amigos. (No sé si decir que Leah es mi amiga ya, la verdad.) Quiero enviarle algo especial, algo que no pueda conseguir en Japón.

La foto del colegio de Mako: está como lo recuerdo →

Ya sé qué regalar a Nadia, una maqueta de un cohete, como la que hicimos Carly y yo.

Cleo me pregunta cómo sé que Mako celebra la Navidad. Ya sé, puede que no la celebre ¡pero para mí es como si todo el mundo lo hiciera! De todas maneras, siempre puedo llamarlo como regalo de año nuevo. Solo que ¿qué pasa si el Año Nuevo Japonés no es el 1 de Enero? ¿Es realmente importante? A mí me encanta recibir regalos en cualquier momento del año.

Esta golosina estaba en la caja de Mako: parecen golosinas de fruta, pero es demasiado bonito para comérmelo.

Antes de poderle mandar nada, Mako me mandó un regalo de Navidad (bastante pronto, por cierto).

Parece que celebra la Navidad y las vacaciones japonesas, así que me mandó una caja preciosa hecha con un papel especial llamado Washi. La hizo él mismo.

Mako dice que así es como cuelgan los calcetines de Navidad: por el caño de la tubería del baño (ya que no tiene chimenea).

¡Qué acogedor!

Me encanta leer las descripciones que hace Mako de sus vacaciones. Hace que quiera ir a Japón y verlo todo.

Los calcetines colgados del caño con cuidado

Niño bañándose

Patito de goma

Mako me mandó una foto de su hermana, Yumi, vestida para una fiesta que se llama Shichigosan: es como un cumpleaños extra solo que con mucho más trabajo. (Tardó 2 horas en maquillarse y preparar el peinado.)

¡Uau: camina sobre las plataformas!

¡El lazo que lleva a la espalda pesaba tanto que Yumi casi cae de espaldas!

Tina de baño japonesa (imagino)

Mi regalo de Navidad para Hilary serían bombones: ¡bombones **muy** especiales!

Sigo sin saber qué regalarle. Todo lo que hay aquí es tan normal: (Y no puedo hacer <u>nada</u> como una caja Washi)

Las gominolas típicas de aquí con forma de judía son muy bonitas, ¿pero son lo suficientemente especiales?

Me gusta su aspecto pero odio su sabor.

Recibí otra carta de Mako. Estaba tan emocionado que tuvo que escribirme para hablarme de una nueva tienda de Donuts. ¡Nunca había probado un donut antes! ¡Nunca hubiera pensando que un donut sería especial, pero supongo que todo depende de a lo que estés acostumbrado.

Los donuts son otra comida que tiene mejor aspecto de lo que saben.

Puedes ganar premios cuando compras donuts: Mako me envió este.

Mañana me marcho al Space Camp y, justo a tiempo, encontré el regalo PERFECTO para Mako: es El nuevo diario, al estilo Americano, con un juego de lápices y un puñado de gomas de borrar. Saqué la idea de los donuts. Hasta la cosa más ordinaria es diferente, y chula, cuando viene de otro país. Tal vez Mako me mande una libreta Japonesa algún día. ¡Me encantaría!

La nueva libreta de Mako: copié la receta de los donuts del libro de recetas de mamá y la puse dentro con la letra del anuncio de los donuts (con dibujos, claro).

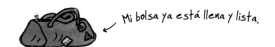
Mi bolsa ya está llena y lista.

Estoy tan nerviosa, que no puedo dormir. Mañana estaré en un dormitorio (solo en los Campamentos Espaciales se les llama Hábitat). Nunca antes he dormido en una habitación con un montón de desconocidos (aunque he compartido habitación con Cleo y ella es <u>muy rara</u>). Me pregunto cómo serán las duchas. ¿Estará buena la comida o será grasienta como la de la cafetería? Ojalá sea comida de astronautas: ¡sería muy guay!

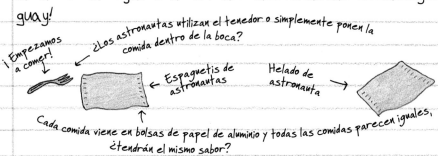

¿Los astronautas utilizan el tenedor o simplemente ponen la comida dentro de la boca?

¡Empezamos a comer!

← Espaguetis de astronautas

Helado de astronauta →

Cada comida viene en bolsas de papel de aluminio y todas las comidas parecen iguales, ¿tendrán el mismo sabor?

Estoy segura de que no echaré de menos a Cleo, pero estoy un poco preocupada por si echo de menos a mamá, y mi habitación. Cuando llegamos aquí la odiaba y ahora me encanta.

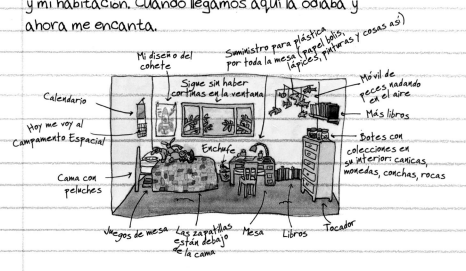

Mi diseño del cohete

Suministro para plástica por toda la mesa (papel bolis, lápices, pinturas y cosas así)

Calendario

Sigue sin haber cortinas en la ventana

Móvil de peces nadando en el aire

Más libros

Hoy me voy al Campamento Espacial

Enchufe

Botes con colecciones en su interior: canicas, monedas, conchas, rocas

Cama con peluches

Juegos de mesa

Las zapatillas están debajo de la cama

Mesa

Libros

Tocador

Nadia me estaba esperando cuando llegamos (fue un viaje laaaaaaaaargo: nos habíamos levantado temprano y ya era de noche). Cogí la litera al lado de la suya y ahora somos las dos del Equipo Tritón.

De momento estoy demasiado emocionada para echar de menos mi casa. (Pero mamá lloró cuando me dijo adiós y me hizo prometer que llamaría todas las noches.)

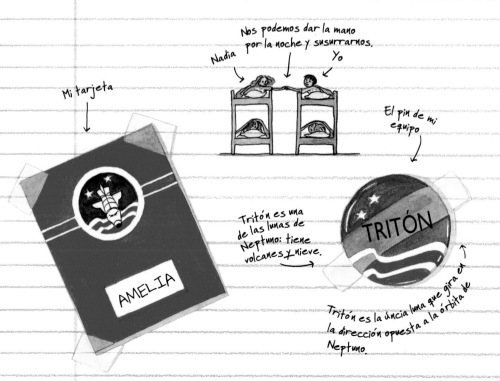

Nos podemos dar la mano por la noche y susurrarnos.

Nadia

Yo

Mi tarjeta

El pin de mi equipo

AMELIA

Tritón es una de las lunas de Neptuno: tiene volcanes y nieve.

TRITÓN

Tritón es la única luna que gira en la dirección opuesta a la órbita de Neptuno.

Boli del Space Camp ↓

Nos han dado un boli y una libreta para poder escribir cosas importantes.

Estamos tan ocupadas entrenando que es la primera vez que puedo escribir. (Tampoco he tenido tiempo de echar de menos mi casa: solo un poco a la hora de comer y cenar, porque no nos dan comida de astronautas. Nos dan comida repugnante incomible de la cafetería tres veces al día.)

El desayuno está bien: es difícil estropear unos cereales y chocolate caliente

Lo primero que hicimos es que nos asignaran nuestros puestos para la tripulación de vuelo y en control. Además de Nadia y yo, solo hay otra niña en nuestro equipo, Olena. (Es divertido pero hay muchos más niños que niñas en el Space Camp.) Olena no tenía claro qué quería ser, pero Nadia quería ser la directora de vuelo: es la persona al cargo del control de la misión desde Tierra. Y yo quería ser la comandante, la que está al cargo de la tripulación. Brad, Evan y Corey querían ser comandantes también, y decían que yo no podía serlo porque soy una niña y ninguna niña ha liderado jamás una misión espacial.

Hasta el momento, dije yo.

¿Especialista de la misión?

¿Especialista en carga útil?

¿Quiero ser piloto?

¿Oficial del control terrestre?

Olena decidiéndose

Tuvimos que escribir lo que queríamos y por qué queríamos ese puesto. Después tuvimos que contestar preguntas sobre lo que habíamos aprendido hasta ahora. Luther, nuestro monitor, elegiría a las personas con las mejores respuestas para cada trabajo.

Brad, Evan y Corey discutían sobre quién de ellos sería el comandante, no se preocupaban de mi porque decían que no me elegirían.

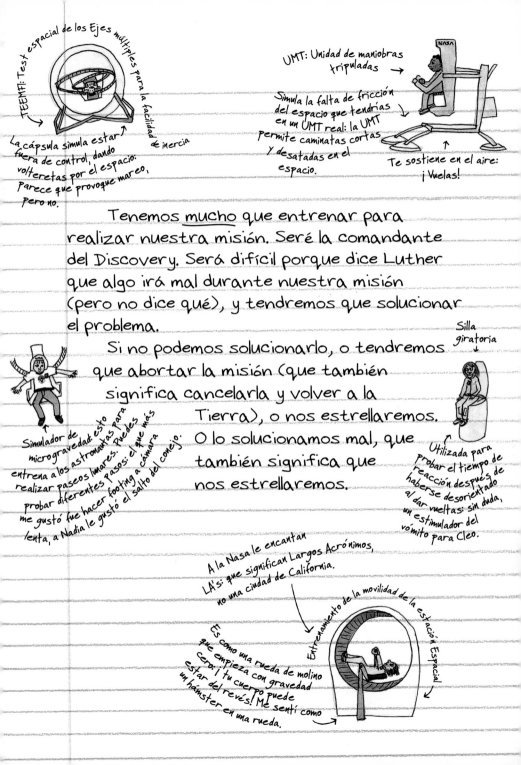

TEEMFI: Test espacial de los Ejes múltiples para la facilidad de inercia

La cápsula simula estar fuera de control, dando volteretas por el espacio. Parece que provoque mareo, pero no.

UMT: Unidad de maniobras tripuladas →

Simula la falta de fricción del espacio que tendrías en un UMT real: la UMT permite caminatas cortas y desatadas en el espacio.

Te sostiene en el aire: ¡Vuelas!

Tenemos **mucho** que entrenar para realizar nuestra misión. Seré la comandante del Discovery. Será difícil porque dice Luther que algo irá mal durante nuestra misión (pero no dice qué), y tendremos que solucionar el problema.

Si no podemos solucionarlo, o tendremos que abortar la misión (que también significa cancelarla y volver a la Tierra), o nos estrellaremos. O lo solucionamos mal, que también significa que nos estrellaremos.

Silla giratoria ↓

Simulador de microgravedad: esto entrena a los astronautas para realizar paseos lunares. Puedes probar diferentes pasos: el que más me gustó fue hacer footing a cámara lenta, a Nadia le gustó el salto del conejo.

Utilizada para probar el tiempo de reacción después de haberse desorientado al dar vueltas: sin duda, un estimulador del vómito para Cleo.

A la Nasa le encantan LA's: que significan Largos Acrónimos, no una ciudad de California.

Es como una rueda de molino que empieza con gravedad cero: ¡tu cuerpo puede estar del revés! Me sentí como un hámster en una rueda.

Entrenamiento de la movilidad de la estación Espacial

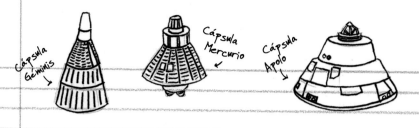

Cápsula Geminis

Cápsula Mercurio

Cápsula Apolo

Va a ser más duro de lo que pensé porque Brad, Corey y Evan no me hacen caso. Dicen que no soy una comandante real y que nunca van a obedecer órdenes de una niña. (Pero apuesto que escuchan a sus madres.) Lo están arruinando todo.

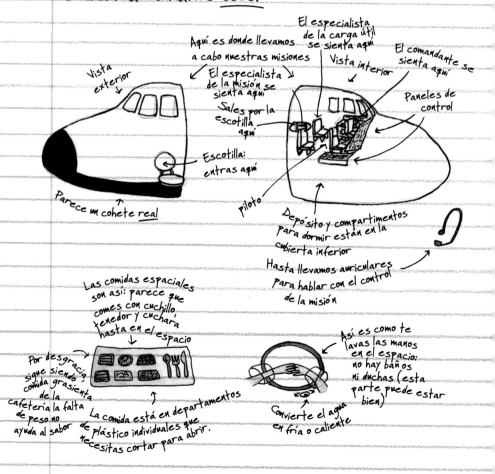

Vista exterior

Parece un cohete real

Escotilla: entras aquí

Aquí es donde llevamos a cabo nuestras misiones

El especialista de la misión se sienta aquí

Sales por la escotilla aquí

El especialista de la carga útil se sienta aquí

Vista interior

El comandante se sienta aquí

Paneles de control

piloto

Depósito y compartimentos para dormir están en la cubierta inferior

Hasta llevamos auriculares para hablar con el control de la misión

Las comidas espaciales son así: parece que comes con cuchillo, tenedor y cuchara, hasta en el espacio

Por desgracia, sigue siendo comida grasienta de la cafetería la falta de peso no ayuda al sabor

La comida está en departamentos de plástico individuales que necesitas cortar para abrir.

Así es como te lavas las manos en el espacio: no hay baños ni duchas (esta parte puede estar bien)

Convierte el agua en fría o caliente

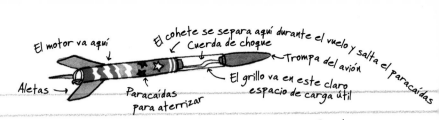

El motor va aquí

El cohete se separa aquí durante el vuelo y salta el paracaídas

Cuerda de choque

Trompa del avión

Aletas →

Paracaídas para aterrizar

El grillo va en este claro espacio de carga útil

Hoy hemos hecho cohetes, como hicimos Carly y yo en el colegio, pero esta vez hay un tubo hueco junto al morro. Vamos a poner un grillo dentro y se supone que tenemos que pensar cómo construir el cohete para poderlo lanzar y que el grillo no sufra daño alguno.

Espero que el cohete de Evan choque contra el de Brad, cuyo cohete estallará junto con el de Corey, y los tres explotarán (¡lo siento grillos!)

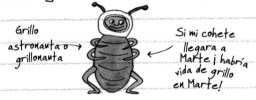

Grillo astronauta o grillonauta →

Si mi cohete llegara a Marte ¡habría vida de grillo en Marte!

Llamé a mamá, por fin. Sé que prometí llamarla cada día, pero estamos tan ocupados, y siempre hay una laaaaaarga cola en la cabina después de cenar. Fue genial oír su voz, hasta me gustó hablar con Cleo.

Solo puedes hablar 5 minutos pero la cola sigue siendo laaaaaaaaarga.

Algunos niños os echan mucho de menos su casa: no tienen amigos, como yo a Nadia y dicen que se tiene que trabajar mucho. El trabajo es duro, pero es divertido.

¡Por fin mi turno!

Hicimos una excursión hasta la NASA por la mañana: fue muy chulo. Pudimos ver un astronauta real entrenándose en los los simuladores.

Hasta el viaje en bus fue divertido: era el tipo de autobús que tiene tele.

Después de comer lanzamos nuestros cohetes. ¡Mi grillo aterrizó a salvo! También el de Nadia. Solo dos grillos cayeron cuando sus cohetes se rompieron al aterrizar (los paracaídas se atascaron y en lugar de flotar suavemente, chocaron contra el suelo). Uno fue el de Olena, y el otro el de Brad. (Así demuestra lo nefasto que sería como comandante.)

Mi grillo no llegó a Marte, pero tuvo unas más bonitas vistas del Campo Espacial desde allí arriba.

Mañana es nuestra misión espacial y estoy muy nerviosa. He oído que el equipo Andrómeda estalló al reentrar porque el comandante se olvidó de cerrar las puertas de la carga y que el equipo Callisto no sacó el tren de aterrizaje y se estrellaron. ¡Hay tanto que recordar! Evan es el piloto, y se supone que debe ayudarme, pero no sé si puedo contar con él. Brad es el especialista de la carga y Corey es parte del control terrestre, así que no me preocupan tanto. Por lo menos tengo a Nadia de directora de vuelo. Sé que puedo confiar en ella.

Tengo que dormir para estar bien alerta mañana.

Sigo viendo los paneles de control en mi mente e imagino todo lo que puede ir mal

MISIÓN DISCOVERY

Han pasado tantas cosas que no sé por dónde empezar. Despegamos bien (¡y parecía tan real!) Los cohetes aceleradores y el tanque de combustible se separaron como debían hacerlo, pero Evan seguía llamándome "pedante" Amelia en lugar de Comandante Amelia. Me alteré un montón y eso es malo porque, al estar nerviosa, te distraes y tenía que estar atenta.

Acoplamiento de microgravedad para los zapatos.

Las ventosas te anclan los pies en el suelo o en la plataforma de trabajo para que no flotes

Hasta con Evan haciendo el estúpido, desplegamos un satélite y Olena, la especialista de la misión, llevó a cabo sus experimentos. Hasta ese momento nuestra misión era un éxito. Entonces, cuando estábamos a punto de empezar la maniobra de abandono de órbita, se encendió una alrama: ¡los dos motores de maniobra orbital habían fallado!

Evan estaba muerto de pánico. "¡Vamos a morir!", ¡nos quedaremos perdidos en el espacio para siempre!" No paraba de chillar. Olena estaba congelada en su silla, y podía escuchar a Nadia en el control de la misión diciendo: "oh, no, oh, no."

Quería gritar

CALMA

pero, en cambio, mi voz salió suave y calmada.
Ni siquiera parecía mi voz: era

PROFUNDA y **FIRME** y **GRAVE**.

Los demás niños me miraron con ojos enormes y
Evan paró de gritar.

Era alucinante: Me sentí grande y poderosa a
causa de esa VOZ que deberías escuchar.

Evan

Olena

Brad

Dije poco a poco: "No hay que tener miedo.
Podemos aterrizar a salvo". Pero no sabía cómo.

Nadia dijo que podíamos seguir en órbita 15 minutos
más, pero teníamos que decidir qué hacer. En la vida
real podríamos seguir en órbita unos días más. En el
simulador, teníamos que acabar a la hora de comer
para que lo pudiera hacer el siguiente equipo. ¡Solo 15
minutos! Es menos tiempo que un test de mates.

Numca antes me había parado a pensar en las voces, pero son realmente importantes. →

← Si tienes una voz chillona, la gente cree que eres tímida como un ratón.

↑ Si tienes voz de dibujo, nadie te toma en serio.

↑ Si tienes voz rasposa, la gente piensa que eres una bruja.

Pensé, pensé y pensé. Intenté recordar todo lo que habíamos aprendido. (Lo que no podía sacarme de la cabeza era cómo ir al lavabo en el espacio: pero eso no ayudaba.) Evan, Brad y Olena seguían mirándome sin decir nada, esperando. Entonces tuve una idea. Tal vez si disparábamos los cohetes más pequeños de maniobra, los podíamos utilizar en lugar de los motores de maniobra para romper la órbita y traernos de vuelta a la atmósfera terrestre. Debíamos disparar los cohetes más tiempo ya que eran más pequeños, ¿Pero cuánto tiempo sería lo suficiente?

Nadia estaba de acuerdo en que era nuestra mejor opción, pero podía oir lo preocupada que estaba. →

↑ Si tienes una voz ronca, la gente cree que eres una rana (¡Y tienen razón!)

Nadie sabe cuánto tiempo necesitaríamos encender los cohetes. Debería adivinarlo. Si un disparo regular dura entre 2 y 3 minutos, decidí que probaría con 9 minutos.

Nos pusimos los cinturones y Evan disparó los cohetes. Fueron 9 laaaaaaaaaaargos minutos. Sentía que me faltaba aire todo el rato.

¡FUNCIONÓ!

Aterrizamos bien (me acordé del tren de aterrizaje, por supuesto) y cuando salimos de la nave, todos en la misión de control se levantaron y aplaudieron.

Me sentí como si fuera una heroína.

Nadia me abrazó. Dijo que estaba muy orgullosa de mí. Y el resto de los chicos del Space Camp, Brad, Evan y Corey pararon de meterse conmigo por completo. Y todavía mejor, cuando en la graduación, ¡el equipo Tritón recibió el premio a la misión más exitosa!

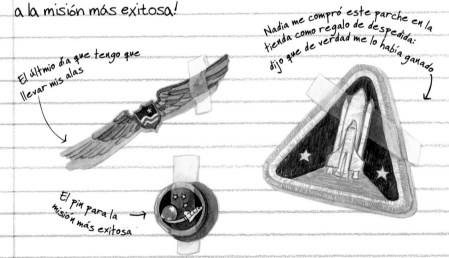

El últmio día que tengo que llevar mis alas

Nadia me compró este parche en la tienda como regalo de despedida: dijo que de verdad me lo había ganado

El pin para la misión más exitosa →

Fue duro decir adiós a Nadia, especialmente porque eso significaba volver al colegio y volver a ver a Hilary. Pero es genial estar en casa (hasta le di un beso a Cleo al llegar,

ise quedó alucinada!)

Mamá me prometió que haríamos una cena de celebración con pizza (lo que más había echado de menos), pero primero quería estar sola en mi habitación un momento.

Lámpara familiar

Viejo oso favorito

Tenía que decir hola a todas mis cosas.

Lápices de colores. He hecho un millón de dibujos con ellos

Volver al colegio no fue, para nada, fácil. No quería pasar de ser una heroína a ser la idiota (como me llama Hilary)

Yo de camino al colegio tan lentamente como es posible, otra vez sola.

Camiseta del Campamento Espacial

Contando grietas de las aceras para saber que llega primero: los 100 o la puerta del colegio

Busqué a Carly, pero lo primero que vi fue la cara asquerosa de Hilary, como si me estuviera esperando.

¡Mira, pero si es la estúpida!

Estoy guardando sellos para escribir cartas a Nadia (estoy tan orgullosa de que siga siendo mi amiga), y también necesito escribir a Mako para explicarle lo del Space Camp.

Por suerte, sonó la campana antes de que pudiera decir nada más.

Desgraciadamente, ¡lo primero que hizo la señora Busby fue ponernos un examen sorpresa!

Examen laaaaaaargo

Bien, clase, veamos cuántas cosas de mates recordáis. Tenéis 30 minutos.

<u>No</u> recordaba demasiadas mates. Primero Hilary y después un examen de mates: era un día horrible, y fue a peor. En el patio, vi a Hilary esperándome, así que intenté ignorarla, pero no me dejaba.

En la calle~lle veinticuatro~tro

Yo con un ojo puesto en Hilary

Carly

Ha sucedido~do un asesinato~to

Los ojos entrecerrados y malvados de Hilary ⟶

Me agarró del codo y me dijo: "te he visto copiando en el examen, gusano, ¡TRAMPOSA!"

Hilary me ha dicho <u>muchas</u> cosas horribles, pero esta era la <u>peor</u>. Tal vez por eso, por primera vez no me sentí triste y hundida. Estaba enfadada, quiero decir, muy, muy, MUY

¡FURIOSA!

La miré de frente y le dije con mi nueva voz

PROFUNDA y FIRME y GRAVE.

"Eres una soplona mentirosa."
Y, una vez hube empezado, ya no pude parar.
Es como si subiera como la espuma dentro de mí
y <u>tuviera</u> que salir.
"Eres una asquerosa, ASQUEROSA,
ASQUEROSA. NO HE COPIADO.
No <u>necesito</u> copiar. Y no pasa <u>nada</u> malo con
mi pelo, o mis zapatos, o mi ropa. Lo único malo
que me pasa es haber <u>dejado</u> que me molestaras.
Pero nunca más vas a molestarme: vas a

¡DESAPARECER!

Hilary El bicho

Después me giré y me fui. Quería
mirar para ver si me estaba siguiendo, pero
tenía demasiado miedo, así que seguí
caminando hasta que encontré un árbol
detrás del que esconderme y después me senté.
Estaba cansada y vacía como si hubiera
corrido mil kilómetros. Después me fui sintiendo
cada vez más ligera, como si puediera volar
(¡hasta sin cohete!).

Carly me contó que mientras me
alejaba, Hilary empezó a berrear. ¡Parecía
una vaca!

Hilary, sola en el patio

Carly dijo que
tenía la boca como una
goma y la barbilla arrugada.

¡Todo lo malo que tenía
guardado subió como la espuma, fuera, y lejos!

Casi sentí pena por ella. Casi.

Querida Nadia,
La escuela es
~~rara, rara, rara~~
rara después del
Space Camp.
Pero de una GRAN manera
es mucho mejor que antes
de las vacaciones.
Hilary ya no me
molestará más: ¡es GENIAL!

aaagh! ↙

Nadia Kurz
Calle Sur 61
Barton, CA
91010

Amigos hasta el
infinito y más allá
Amelia
♡

↑ Le escribí mis buenas noticias a Nadia

Más cosas buenas que han pasado hoy: Carly me
invitó a dormir este sábado, Leah compartió
conmigo sus galletas de fruta en la comida, y
Hilary ni siquiera me ha mirado desde que le
respondí. (¿Por qué no lo hice meses atrás?)

Y lo mejor es que mi tío Frank encontró el
diario de la abuela y me lo manda para que lo
pueda leer. Me pregunto si contará la historia
de la sopa de pan.

No creo que necesite un nuevo
peinado. Una comandante
tiene este aspecto.
¡¡Como el mío!! ↘